百美新咏圖傳

（清）顏希源 撰
王翽 繪

廣陵書社
中國·揚州

圖書在版編目（CIP）數據

百美新咏圖傳 /（清）顏希源撰 ；（清）王翙繪. --揚州 ：廣陵書社，2010.10（2013.8 重印）
ISBN 978-7-80694-625-1

Ⅰ. ①百… Ⅱ. ①顏… ②王… Ⅲ. ①女性－名人－列傳－中國－古代②仕女畫－作品集－中國－清代 Ⅳ. ①K828.5②J222.49

中國版本圖書館CIP數據核字（2010）第196000號

ISBN 978-7-80694-625-1

百美新咏圖傳

作　　者　（清）顏希源 撰　（清）王 翙 繪
責任編輯　王志娟　顧寅森
出 版 人　曾學文
出版發行　廣陵書社
社　　址　揚州市維揚路三四九號
郵　　編　二二五〇〇九
電　　話　（〇五一四）八五二二八〇八八　八五二二八〇八九
印　　刷　揚州文津閣古籍印務有限公司
版　　次　二〇一〇年十月第一版
印　　次　二〇一三年八月第二次印刷
標準書號　ISBN 978-7-80694-625-1
定　　價　肆佰圓整（全肆册）

http://www.yzglpub.com　E-mail:yzglss@163.com

出版説明

《百美新咏圖傳》，一稱《百美新咏》、《百美圖新咏》、《百美圖詩》，清顔希源撰，清宫廷畫家王翽繪，是清代早期較有名的一部人物木刻版畫書。

《百美新咏圖傳》以歷史和傳説中的百多位女子爲題材，收録中國歷代名媛佳麗西施、王昭君、楊貴妃等小傳百篇，配以圖百幅及文人咏詞二百餘首，集圖像、傳記、詩詞、書法于一體。顔希源字問渠，號鑑塘，清乾嘉時人，廣東籍。曾官江蘇儀徵，修纂《儀徵縣志》，有清譽。王翽，字鉢池，壽春（今安徽壽縣）人。精繪畫，曾供奉内廷，其『于山川草木、鳥獸昆蟲之屬，偶一揮毫，無不酷肖，而于人物爲尤著』。

在中國傳統繪畫中，一般以山水畫爲最高成就，人物只是山水畫的點綴品。但在中國的版畫中，人物版畫則是一個重要内容。其精品紛呈，爲世人矚目。正如現代著名學者鄭振鐸先生在《中國古代木刻畫史略》中所言：『它有力地扶持着中國人物畫的優秀傳統。』《百美新咏圖傳》最大價值所在，是人物版畫，是少有的宫廷畫師爲版刻插圖作畫稿的版畫作品。該書人物鎸刻清晰雋雅，形象栩栩如生，充分體現出畫家精工秀麗的藝術特點。同時，《百美新咏》按照一定的宗旨和標準，收集和概述人物的事迹，請名家繪其圖像，并彙編有關詩詞，結集出版，書前有袁枚、阮元等所作序辭，後有伊秉綬等跋文手迹，堪稱一時名流之盛，洵足觀賞。

《百美新咏圖傳》初刻于清乾隆年間，顔希源在《圖傳》自序中云：『丁未六月，余于射雉城得《題百美詩五十韵》，不知何人何時所作也，

心竊艷之，若絶代佳人後先媲美，目不暇給。及一再批閲，似無起結，少貫串，且複字叠見，不可勝數。』序中所云『丁未年』即清乾隆五十二年。今存此書最早爲清乾隆五十五年集腋軒藏版，已不多見。所以當年鄭振鐸先生在《中國古代木刻畫史略》中特別提到：『《百美新咏圖傳》四卷，清顔希源撰，其插圖爲王翽作。原刊初刻本頗少見。我有一本。』目前，國内一些大的圖書館珍藏的主要是嘉慶十年本。

嘉慶十年本，封面印有『百美新咏圖傳，集腋軒藏版，袁簡齋先生鑒定』。共二二七頁，分爲四册。第一册爲序、新咏和文人雅士的題詞。第二和第三册爲圖傳。圖傳共收圖一百幅，其中圖三、十八、四十九，每幅分别繪兩人，故實際涉及人物共一百零三人。每人另附簡傳一篇。第四册爲集咏和跋。其中，新咏部分第一首便是顔希源作的《百美新咏》，這是一首五言長詩，共一百句，兩句一韵，每句咏一美女。此外，集咏收入當時文人騷客美女題材詩作，共二百六十首。華東師範大學圖書館所藏清嘉慶十年本排序略有不同：第一册爲序、跋及題詞；第二册爲集咏、新咏；第三、四册爲圖傳。

《百美新咏圖傳》版框高一八五毫米，寬約一二五毫米，各圖間有相差；白口，四周雙邊，單魚尾；半頁八行，行十八字；有插圖一百幅，圖作單面。我社此次據華東師範大學圖書館所藏清嘉慶十年刻本影印，雙色套印，綫裝出版，以期能更完美地體現中國古代精品版畫的神韵。

廣陵書社編輯部

二〇一〇年八月

袁簡齋先生鑒定

百美新詠圖傳

集腋軒藏版

袁簡齋先生鑒定

百美新詠圖傳

集腋軒藏版

天生人最易生美人最難自周秦以來三千年中美人傳者落落無幾豈山川靈秀之氣不鍾美于奚方耶抑生長閭閻無甚遭際遂弊弊然如草亡木卒耶要知物非美不著美非文不傳古來和氏之璧昆吾之劍皆物之美而仗文士為之表章者也況人之美者哉余幼見馮猶龍美人百韻鱗羅布列足云備矣惜開卷即咏杜麗娘是以以是公為元真子也不已傎乎鑑塘主人以潤古雕今之筆寫芬芳悱惻

之懷彼訂史書屬詞比事得閨閣若干人各以韻語括之真少陵所謂五字抵華星矣更倩名手追写其容珊珊來遲呼之欲活乃清流之勝事騷人之遐想也目論者謂貞淫正變微嫌靡褻不知三百篇中咏姜嫄不遺褒姒歟柏舟亦賦新臺此詩教之所以為大也或又謂其人往矣捕風搏影圖形未必克肖不知漢武梁祠石刻曾子之母老萊之妻彼皆追摹於千載以上能保其果肖乎主人之為此也亦猶行古之道也余舊咏美

人詩亦有十餘首望古遥集懷而慕思未免國風之好為作者先聲莊子曰人而無情何以謂之人戴禮曰賢者過情不肖者不及情我輩皆賢而過者也因其過愈見其賢嗚呼斯百美詩之所以必傳於後無疑歟

乾隆庚戌夏五隨園老人袁枚撰

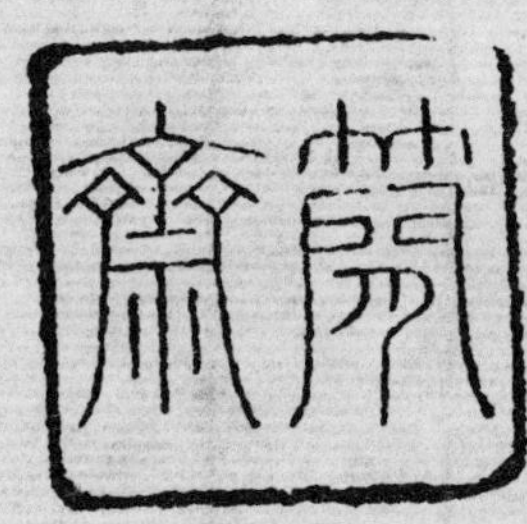

蓋聞美人寄慨年傳金錯之詞
名士興懷爰著玉臺之詠一坏
黃土知埋何限薌魂半幅青緗
頻拭無端湘淚鍾情者莫如我
輩仍揩者猶及他生有若
鑑塘顏君著有平原之雅望

守陋巷之清操當時仙吏來游
恰憐貧嶠蓬壺之域自古騷
人迷出多在智煙霞雨之鄉
政績新成鹽孔鏤席才思
勃發筆呈雕鏤間題百美之
詩用託千秋之感琴彼臻梅

有賦無物識名之賜觀夫異錦初裁豈拾香匳之唾拾芳冤於雲上姍姍已非淫綴不影於空端周密而度覺多多而益善寧孫孫之無奇莫言傾國難求絕代何嘗獨出異度同時入宮爭妍豈甚而仇且如小有間中寫出風裳水珮廣寒宮裏描來香霧雲鬟幾疑一片穠華移過人天之界堆砌百年爛醉同登花月之場至若並列貞淫體無風雅

微分褒貶義洽春秋有勸足懲尤為閨房之概或倚或號非特名教之功業經惠我瓊瑤盍亟付諸梨棗

乾隆丁未年嘉平月

浮山宗弟張道渥拜題

張道渥印

竹畦

[illegible]

美以百稱非固於百也不過詩人摘其搜素揀金累璧適與數合遂即以百美詩名之吾友穎鑑塘擬史涉書識古成癖凡有記憶多入歌吟因人愛而指之曰得非穎延年是其前身耶一日者聚友廣陵出百美詩以示余余展而讀之真覺風流名士蕙露溶於毫端窈窕佳人香魂集於雲上貞淫並列仙俗雜陳一篇之中盡態極妍各逞分際說者謂鑑塘詩傑也胡為乎拈鄉吟

髮而獨沾沾然鍾意於麗人也異哉持此說者非惟不知人也益不知詩風人之旨借物抒懷緣情作感目送手揮余亦莫指其一二吟情蓋以變也第窺其正變措詞無傷溫厚倘而謂小雅怨誹而不亂國風好色而不淫者不庶幾近之乎即以爲知百美詩咸非徒襲金粉椎六朝借千古名姝以恣狂吟者比

乾隆庚戌秋九月長白黃德成識

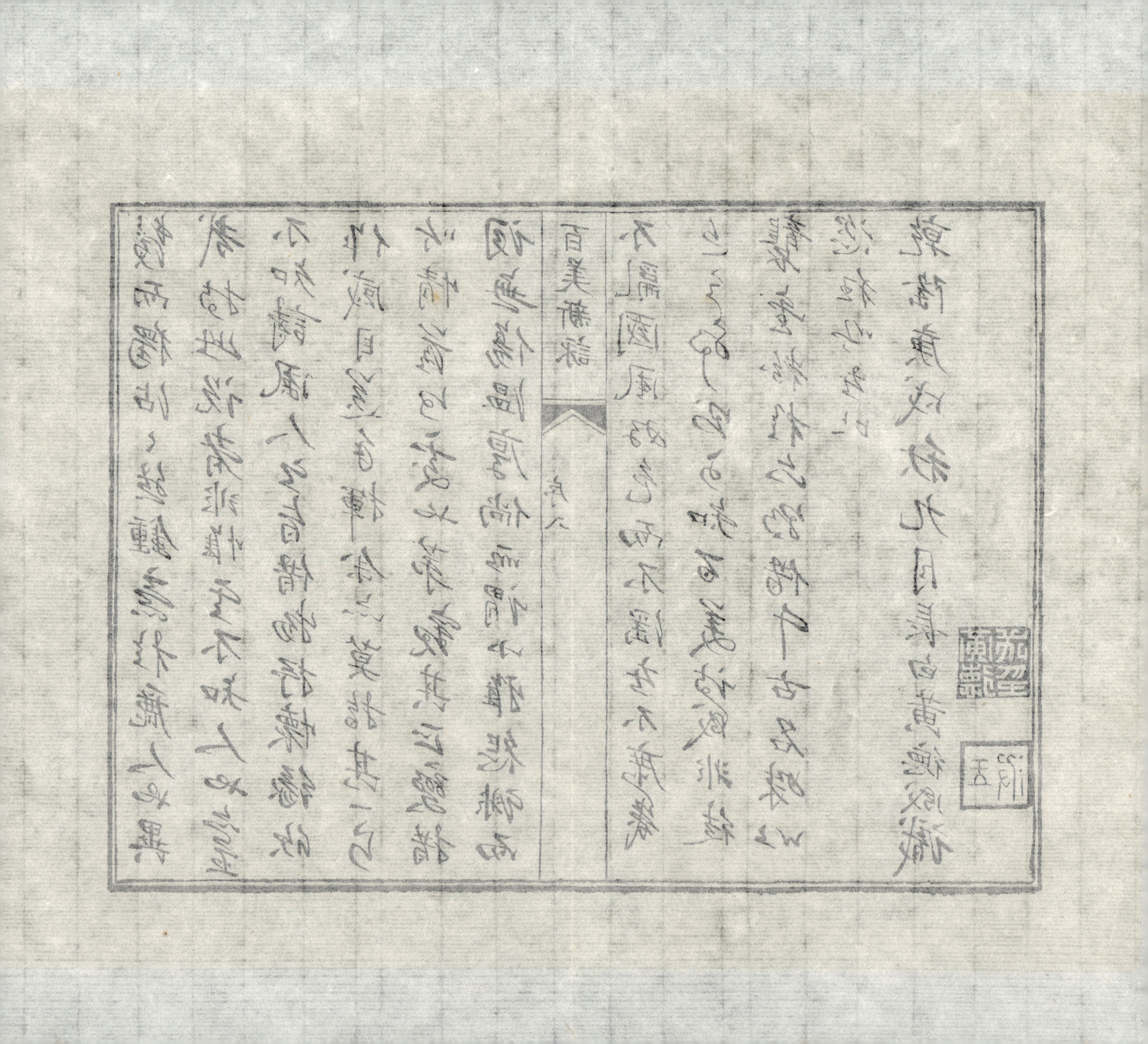

[illegible]

[illegible]

[illegible]

[illegible]

[illegible]

[illegible]

[illegible]

[illegible]

[illegible]

[illegible]

[illegible]

[illegible]

[illegible]

蓋聞辰分星月堪資陽燧之光
天有雲霞足擬瑤霄之彩鍾
美英於河嶽亦產佳人萃清
淑於山川聞生麗質屈原忠愛
曾寄意於宓妃玉女之間陶令
紉高標於花下夫翠簞鏗鏘之

事孰傾城而傾國果涉遐思淵
繪影而繪聲書歸冥想信是
別號情歎多妙譜入歌詩原夫
琴笙奏吐房中鍾鼓式和宮
韵范史因之而傳仲初爰以名
篇粉黛三千供陪甲帳嬌娃

二八妙選丁年窺臣比翼連枝
棄則憔脂瘦粉羊車留寢傳
魏晉之流風羅扇玉釵紀漢宮
之遺事文字疏清林下秀龢
閨中或鈔錄文章或旁通經
典雜瑤緣雪是名不稽畫生
銘菊硯拂合號掃眉才子望水
晶之簾中有璧皆完登玉山之
堂前無珠不慧彩照簡錄冊之
範允式奩帷者矣玉臺香述
古洞紫染汙泥松柏西陵藏
芳南國小鬟桂子擷箋秋以

[illegible]

乘邏短幅桃枝隱括綃而乞試
倩向梳粧記褭為情時時寫
遍題花月洞中之備風流流杖
別乃心名如几帝號雲陵驂鸞
青鸞羣唫紫鳳御天飇而往
下羅襪清露溼月殿以飛來

銖衣拂地神仙洛水覓何因而
兒其雲雨巫峰空以無而競
有莫不寫葉蝶風骨姍姍
坐談者者流連動緒人人慨慕
惟我　先生本光祿祿清才縱
華原原小家筆賦工又手書牘

[illegible]

等身嬙垂粵東以成江左安仁
知衣千枝皆桃李々花衛尉
園中七尺炭珊瑚之樹空擁脂
於此鄰寧恤雕蟲洗金粉於兩
都還思鏤月偶書晒日聊寄閒
情事屬名媛託條梁鍾之

指事同皆寄託真同宋玉之微
詞是蓋假以發揮不屬陽秋
之筆意寓諸玳瑁彥柴雅頌之
音也奎十年不寫五噫空詩
譽以川途所佳什滿城楊柳
留府已入陽關一路鶯花天

氣初逢上巳值文通之賦別名
半子以贈言思王子而流連嘆
美人之遲暮居嬪糅粃用綴
璃瑤釧付巾箱於挽秘將
見玉梭、甫擲已織、成雲錦
之章銅鉢才賡便畫滿
搷之之辭
紫琅孫奎拜手

舜甫

叶宗

[illegible]

[illegible]

[illegible]

序著徐陵臺選稱正詩成韓偓奩亦名香蘇君則感寓翰雲楚子則神傷莫用繡閣之芳蹤既渺并雕剩粉殘香箏蹊之好夢空尋不過愁紅憐綠悵羈忌兮永夕念宛在兮伊人則有曲巨名宗常出哲喬

平生慧業塏摩鐵佛之肩孤館離燧欲下銅儒之泪寄淩心於綿緲涉遐想于優嫘綜百美之娉婷極又言之離纘但水邊之三月三日值麗戌羣異宮中之一日弍眉紛綜人選詞能鍊石補煙霞采滿之

兲句足鎔食錯亾雪長清之鑑恍讀劉家之傳隱別貞淫類按荀氏之圖隸陳小大宜嚬寔笑居然學顰相煇直古自來試問蕊珠何在終古嬋娟似恰應無遲莫之傷脊時降語從心未免風涼之踵色即空而空即色寔落言詮情生文而文生情別饒意態清新俊逸使君本屬仙才敦厚溫柔後世因知詩教

史積容拜撰

徐陵艷體，玉映臺前；韓偓春情，香飛奩畔。灎波賦雪，爭誇六代之才；鄧月橫雲，快寫十眉之態。文能造鳳，自應錦繡成章；心有靈犀，好為煙花作祇。不逢後彥，飜譜芳馨。鑑塘先生，世稱華胄，夙擅雄才。

五色羅胸，四聲播口。石曼卿芙蓉舊主，武仙郎鸚鵡前身。於是臨摹三艷，想像十香。偶涉想于虙妃佚女之儔，因偏書大長信昭陽之事。人漬守宮之血，筆臂狂吞；燕栖出匣之釵，雙鬟摟嬦。丹閣寫竊葉之脂

[illegible]

澤之田銀鑰遙遷貴極禕衣之飾六有併房之戚甲觀之親笑天寶之飄人平封三國美蒨皖城之佳娟介納二喬棠掖晨遊飛同閣蒼棠門畫擔豈若雪霄若乃垂楚柔閣美影紅閨秋水神清畫潑南番之金粉春風態遠幾室北地之臙脂西園潛魚飛鳥之姿蔽蘼開蓮之致也柳或雅善文詞博通經史筆林在手非徒刺繡針神硯匣隨身信是掃眉才子或比房孃娜悵羅彝之羅衣列屋嬋娟托傳情之錦瑟或銀釭斜背素

[illegible]

頸當延叠雪嶺以爭妍啼莫驚雨惜別武漢禪居士聞獅吼以莊往佐命相臣篤犢車而自載斯固深慚游德能無少玷芳聲何如脉脉盈盈顯芳姿于洛水朝朝暮暮逞絕艷于巫山乎固已吟成五字史溯千秋宜繪以丹青閨之紈素紫綃不定珍瓊觀以卷衣羅帶將移覘碧空而垂手放情渲染才擬孟堅極意揣摩神傳道子要之三年宋玉深異登徒十五王昌薄陳崔顥畫秋波于四壁自能勘破情禪話春夢于三生應已參同空

色矣僕樗櫟庸材菰蒲下士步論美人〻賦咏已沾泥晚持古佛之名瓜還甦雪喜顧將軍針心伎倆恰在阿堵中笑稔和尚掐手招提猶有這個在伊其相暹誰復問夫卿〻我是鍾情宜並付之一爾、

漁門吳經元拜撰

盖闻幽蘭白雪非凡耳所悲肆
義芳訊實縈絰所思故主文譎
諫者指洛水而詮以盪氣迴腸者
望高唐而託夢也
鑿塘仙史學薰班馬賦艷齊梁
籠翡翠以為牀製珊瑚而作架

爰自傾城傾國以下洎乎姜嫄無
對以前以人繫詩以圖徵事青牛
帳裏弄墨晨書朱鳥牕邊然脂
暝寫數必取盈都為一集既胥象
々應儷以宮商之調貂毛延壽見
而搖妒應佉璉削而莫逆風人之

[illegible]

心罷而有則離騷之旨樂以不淫
殆兼有焉從茲悦西施之貌周昉
之心力未拋弔明妃之村杜甫之畫
圖如在矣甲子仲秋鄭嬛仙客
題於西湖小舫

嘗思蕙心紈質艷著當時玉貌絳唇名標絕代驚彩雲於天際應從瑤島飛來現仙蹤於人間恐被狂風吹去珠無匿采豈遺世以為高辟不輕聯亦乘時而間出獨是造化偏鍾紅顏薄命傾城一笑有限年華落魄三生

無邊怫鬱或懷芳履潔凜若冰霜或適遠傷離飄同風絮或以姿容見嫉或以文采罹殃或歌舞擅場紅豆度相思之曲或才情流露綠窗傳絕妙之詞或向月殿而遙奔或傍星橋而獨往或洛水留踪或巫山入夢斯皆

傳為佳話靡弗載諸瑶編茲者蕙草香消藍田日冷花飛古塚知埋多少胭脂風咽黄昏誰見往来環珮爰有多情才子慧業名流繪冉冉之仙姿招魂紙上賦翩翩之麗句集艶毫端恍登羣玉之林如閲衆芳之譜嗟乎僕本恨人抗懷往昔溯興亡於六代憑弔無端緬佳麗於千秋留連不盡豈若陽春迭奏聊成下里之塗亦同鄰女效顰難免東施之誚

茹雪山人熊璉題

丁未六月余於射雉城得題百
美詩五十韻不知何人何時作
也心竊艷之若絕代佳人後先
繚美目不暇給及一再披閱則無
起結少貫串且複字疊見不可
勝數語云習聞之即珠璣亦覺可

厭況或藜藿乎余不揣固陋
效作一首列宮闈於前臣庶於
後列色藝才學者於前淫亂
流離者於後貞淫賢否之中微
寓抑揚褒貶之意終以神仙作
結爲其歸於虛無杳渺而已其

[illegible]

所錄美人與經史詩傳所習見者稗官野史所撰概不收入未並採其事蹟綴以圖傳用備參觀詩成復得友人羅君橙塘江君片石共相按定字有重者刪之句未工者正之雖未得爲全璧庶幾可免續貂之誚云爾是爲序

乾隆五十二年小春月吉

粵東顏希源

嘗聞美人可慕楚辭與芳草同懷淑女堪珍周什以關雎起興感抒韓偓留麗句於香奩愁寫張衡寄遐思於玉案六代之遺鈿墜粉雖成地下文章千秋之皓齒青蛾長作世間鼓吹夫人

稱絕代亦鍾靈秀於山川奈生不同時遥隔蒼茫之風雨如彼琴瑟壹則誰聽譬諸茹茅彙斯爲美欲後先之相睽則類聚以交輝貴賤攸殊從椒闈而推不廢蘼蕪之咏貞淫各判自柏舟

而降兼收芍葯之詞殿以仙儔標爲女冠瀛洲曲曲庭多益壽之枝閬苑深深砌盡忘憂之種寧必空縈怨魄效塚上鴛鴦奚須並說幽衷怯籠中鸚鵡事蹟徵於列傳品題綴以蕪言而且

拈厥修毫追其小影水流花謝縱難招久逝之魂月滿雲舒猶省識如生之面幸無譏於畫虎恐致誚於雕蟲祇期微顯闡幽褒貶得春秋之義但使去非崇正勸懲亦風雅所遺聊寓閒心

初非隐語大抵以文爲戲休論
才少才多若夫有色皆空莫問
情長情短

鑑塘主人跋

蓋聞澧蘭沅芷靈均藉以思君金錯瓊瑶平子因之懷友杜老佳人之咏托旨遥深陳王美女之篇含情綿渺豈直傾城傾國徒誇絕世無雙須知行雨行雲不過當時一夢古人寓言每有借辭作者懷鉛不妨寄興也

鑑塘主人篇章妙麗詩思清華拾香草於嶺南家近瀟湘之浦採紅蕖於江上宦遊金粉之鄉瓜步春寒煬帝迷樓安在白門月朗蕭郎芳苑何存傷弱艸之難棲感彩雲之易散彙稽名媛

譜作新詩發隱闡幽蓬门必録鋤奸誅佞樹殿毋寬申以咏縈才人揭畫閨房之秀殿以掃花仙子敷開瀛嶠之春樹厭芳型期無愧於香心廟裡緬亦髙格要雖脱夫離恨天中所謂樂而無哀調無傷於濮楚怨而不怨辭 勿禁其纏綿者也僕本恨人情耽縹帙捲簾秋咏深遠望於蒹葭研露晨書切遐思於紅豆覩此筆花之璨昌勝形織之慚韋桑梓之連陰更非傾蓋觀蓬麻之向化分屬同袍欲附驥以

相傳雖續貂其奚恤

鄉寅愚弟譚大經拜撰

壬子春仲余攝崇川篆黄海漁將軍出示　鑑塘先生百美圖新詠并代求題識余素重　先生名以大江限南北未之識也頃閒余亦有是作遣使航海示以全編將毋感物吟志有同聲相應者乎亟以薔薇露浣手朗讀數

過覺齒舌間馥馥作三日香余舊咏宮閨士女圖三百首已付剞劂氏誦茲佳什不啻尹夫人見邢夫人低頭俯泣自痛其不如也山陰郘飄拜手跋

牡丹花之美也歐陽文忠公為之記荔枝果之美也蔡忠惠公為之譜夫人之美者豈直花果云乎哉鑑塘先生深於情而長於文綜紀傳所稱美人核其貞淫邪正為詩隱寓褒貶於其間而終之以神仙者流若人者

其人與骨皆已朽矣先生願長言之詠歎之可謂發乎情止乎禮義有風人之旨者也夫人惟患無情無情則所遇漠然以為不愛美必至於不愛人先生治真州餘事作詩其必有學道絃歌之化宜乎余過真州而聞是

邦之民頌聲四作也
嘉慶九年十二月初六日宣武門外
齋心覲古之居汀州伊秉綬拜跋

齋心讀古之居汀三無東發拜跋
嘉慶九年十二月初六日宣武門外
非之良須韓四作書

蓋聞天生麗質，才人共稱無雙；世有嬌姿，名士同爲絶代。屈靈均吟成楚些，爲湘君織出詞條；徐孝穆詠就玉臺，悉殫雲鬟鴉鬢之句。繪雪容于彩筆，色相凡空；疊韻語于花牋，描摹盡致。尚足揚芬彤管，寄興風騷。美彼夫端正樓頭，景陽宮裏，嫦娥二八，窈窕三千。

愛燕子之輕盈，聽羊車之轣轆。蘭湯浴罷，藏金屋以增妍；梅額粧成，點丹脂而倩颯。秋風團扇，總是情人；衰草長門，無非國色。更若鳳躭文史，素斂才華，硯匣琉璃，書床翡翠，花箋寫恨，錦字傳情，隔紗幮而請受經文，施步障而顒爲都講，多缸夜焠，拈綵筆以吟樹春

[illegible]

[illegible]

陌晨鮮劈蠻箋而吟絮信足聲傳閨閣稱學士以無慚才擬掃眉號大家而不媿挪武楊柳陰邊櫻桃樹底香飄紅袖淚濕羅巾占春色于湖鬭秀娥眉于錦水門迎車馬青樓夜捧玻璃杯拍琵琶倚閣朝呼鸚武手姿綽約應迷蜂蝶之魂格調風流亦偹鶯花之選別有青鸞速駕鳥鵲塡河笙奏飛瓊簫吹弄玉銀臺金闕隔仙山而勝蹟難尋水珮風裳亘終古而修容不散共彼神來楚岫無非夢裏爲歡豈知名在珠宮一樣人間小謫是皆深名流之摹繪勤韻士之品題者也　鑑塘先生淮蔣循良

粤東坐旗滿岳裁花之暇雅愛詩篇恒覽
行部之餘並饒聲韻偶寄情于淮泊
遂極意以搜羅大筆淋漓空百代之錦
心繡口生綺滑多聚千秋之艷愧香奩真
同道予丹青勝讀汝神詞賦葡萄滿篋
罔非風月之篇芍藥屏箱堪作烟花之記

瑞文慚比鳳學愧塗鴉偶從家令吟囊獲
覩羊原妙製新詩雒誦盡頰生香妙畫
通靈扉叙欲活信是雅人深致附驥情殷
居於名士風流登龍念切盈盈帶水將訪
君于花天月地之中落落高懷詎棄我於
酒坫詩壇而外

蒲塘吳廷瑞拜跋

書後

顏鑑塘先生作百美新詠圖傳或者以為風流韻事並世諸君子既已褒歎發揚之無不至矣而未知先生之用心也先生官江南久潔己愛民上官皆稱為循吏自量移儀徵所建置損益无多當務之急宜更無餘晷商榷文字而先生從容抒寫其詩之工又且如是其心之暇豫為何如哉孔子曰吾未見好德如好色傳釋誠意曰如好好色蓋先生及身而誠道民以德此百美新詠圖傳雖孔子所謂

有慇勤之意者好麗不是過也客冬
長安相見面論及此今尊先主手書
垂及啟書其後報之
嘉慶十年春三月上巳日武寧王子
音書後

有裒然以應好事者屬不過也爲答
展卷相見而論及此今箋注年書
無以跋書其後聊以
嘉慶十年春三月上巳日古亭王子
吾書後

百美新詠題詞

吕燕昭仲篤

雨濕胭脂夢已殘紅芳萎盡返魂難嶺南詞客憐才甚取作金臺駿骨看

色已歸空倩影傳白描全似李龍眠千秋黃土開生面忝得維摩覺後禪

娉婷玉貌是耶非綽態柔情見亦稀我欲呼來評往事春風盡化彩雲飛

佳麗無殊遇或殊陽秋筆底判瑕瑜百篇遠續關雎詠好補家傳閨範圖（先新吾公曾圖古賢媛作閨範）

饒慶捷曼塘

分明紙上挹羣芳夢醒西樓斷客腸吹徹瓊簫無覓處落紅飛盡海茫茫

雲影娟娟月二分水晶簾底試沈薰撩人情緒真無那書遍羊家白練裠

烟花南部向誰論楊柳毿毿白下門鏡裏橫波

迴花前亦向誰論楊柳絲絲白下門鏡裏橫波
真無所書遍羊家白練裳
雲影娟娟月二分水晶簾底試沉薰撩人情緒
無覓處落紅飛盡海棠花
分明繡上把羣芳夢醒西樓斷客腸吹徹瓊簫
饒慶拔晏撰
關雎詠好補家傳閨範圖古賢媛作閨範先新吾公曾圖
佳麗無殊遇或殊陽秋筆底判瑕瑜百篇遠讀

評往事春風盡化彩雲飛
娉婷玉貌是耶非綽態柔情見亦稀我欲呼來
開生面參得維摩覺後禪
色已歸空情影傳白描全似李龍眠千秋黃土
埋才甚取作金臺駿骨看
雨濕胭脂夢已殘紅芳姿畫活魂難續南詞客
呂蕙昭倚聲

百美新詠題詞

雙頰暈依稀猶記舊啼痕
花下聞歌昔昔鹽閒情一賦爱陶潛無端棖觸
年時節紅板橋頭舊酒帘

孫方僅

爲政風流近代無閒摛翰墨綴名姝分明屈子
離騷譜添得湘君佚女圖
詩首關雎易次坤從來雅化起閨門一編臚畫
于秋事便作劉君列傳論

天生佳麗畫堪傳遺臭流芳本較然漫説貞淫
編失次新臺猶列柏舟前

喜遷鶯 曹星谷竹人

畫眉初歇正閣筆思量弄花吟月天上仙娥人
間淑女盡欲表揚芳潔他若明星私約旋至愛
河難割經妙手把珊瑚鐵網一齊收掇 奇絶
寫不盡啼笑悲歡一一能分别鏡裏横波燈前
小蠻多少芳情如揭莫道海棠無夢滿地白楊

飛雪一披覽覺當年心事總難磨滅

賀新郎二闋　朱洪寅　嬋仙

清淑扶輿氣算特鍾名流而外兼鍾女子從古憐才懷雅抱慣結青袍知己豈紅粉獨非同類載筆更教褒貶寓文不徒我輩鍾情耳怎忘得綺羅隊而當其獨立真遺世合觀來上而貞烈次而才藝下至桑間花裏客都入香編豔史更綴以星姬月姊百美詩曾傳舊句訝今人遠勝前人矣況圖畫出新意

君是平原裔下車來政成鹽銕桓寬小試家世名臣多建豎豈僅長吟而已況屑屑溫柔鄉裏識得風騷忠厚意閱古今托興都如此香草外美人耳聽粉叢脂藪新編次擅風流宮詞百首長城五字佐以繪花摹月筆紙上呼之欲起總爭向詞人獻媚鑒賞不遺巾幗秀則其於名士可知矣龍門遠縈夢寐

吳廷理　梅航

世家聲望舊衣冠嶺表鍾英一鶚摶誰主風騷
東海上天教屈宋作衙官

凴弔千秋手一編獨將歌嘯送流年簿書不慣
勞仙吏久締人間翰墨緣

揚芳摛藻百篇詩寫盡蛾眉絕代姿應笑陳王
才八斗吟情獨與宓妃宜

寵冠宮庭亦夙因瑤臺金屋別成春君王信是

多情種永巷悲涼尚有人

彤管流芳說女宗肯將身世逐萍蓬花萎玉碎
渾閒事饒有千秋烈士風

亭亭獨立出塵埃空谷幽居盡可哀字寫簪花
詩織錦不憐顏色也憐才

一天香霧隱雲鬟閬苑千重詎可攀塵事凡心
都不染偏留艷跡向人間

綺羅爲館玉爲樓傳說盧家有莫愁揮盡平生

飄泊淚浮花浪絮想風流

舞衫歌扇太娉婷十二金釵半小星說到不猶全是恨抱衾時節露零零

楚客才多總化情新詞閒譜麗人行香奩不襲冬郎格彷彿梅花賦廣平

夏佑節 蘗庭

詞久譜出麗人詞命意從知屬勸規扎馬玩占賅大易關睢托興渠全詩裹釵亦沐文翁化閨閣同啟杜毋思為辭當時披讀者不須認作有情癡

王慕蘭 若耶

茫茫天上與人間每倚春風憶玉顏鏤月團花誰繪影一時齊簇彩雲還

吳船小泊近黃昏閒取溫柔往事論把酒何勞歌舞勸紅箋都是美人魂

跨鶴揚州宦跡牽玉簫聲裏度年年錦囊不載

蹤謎迷宮疑帝王鏽管塵封年年歸夢不艱

歌舞動紅樓都是美人愁

淚船小泊近黄昏閒取溫柔往事論花酒何勞

誰繪影一時辭藻彩雲還

荒荒天上與人間每倚春風憶玉顏鏡月圓花

王棻蘭若邨

情癡

醪同飲共斟思嬌醉時坡讀書不須總作有

題大易閨理花與集全詩裏敘亦沐文翁作圖

詞分譜出麗人詞命意從知處騷想馬氏古

夏佑蕃香庵

夕陽搖落佛梅花減廣年

妝容十樣化情新詞閒譜麗人行香奩不彙

全是恨花金時節露零零

舞衫畫扇太婷婷十二金釵半小星識遍不猶

癡追淚淨花須發想風流

閒風月獨譜霓裳下九天

珠玉隨風總有情香踪歷歷紀分明如花顏色生花筆並占千春不朽名

徐邦殿　芍園

憐才憐色復何殊漫把閒情弔麗姝千古芳魂招不得新詩寫出美人圖

同是當年絕世姿貞淫千載費猜疑使君詩筆嚴於史不為紅顏作艷詞

閨秀李　華　澹卿

白骨青燐笑此身當年爭美艷無倫芳名自足垂彤史黃土何曾誤美人

烈魄妖魂寄筆端寫生真覺肖神難若非傳述當年事千古紅顏一例看

滿庭芳　江　干　片石

志切懷芳才堪媲美情文一片相生墨花開處海嶼忽添春萬古殘香冷艷都憑着紙上招魂

何須向斜陽哀草零落弔荒墳　誰能辭浩刧
雲鬟玉臂歲歲長存怕神仙不偶也要沾巾　離
恨天中孰住淒清甚都是離人煩君記空閨弱
質白首未知名

念奴嬌　　靳光宸（輪齋）

文心何許把千古絕世佳人蒐集紙上芳魂呼
欲起一一傾城傾國夢裏巫雲腮邊楚雨都入
江郎筆霎時驚見兩問多少尤物　堪笑瑣瑣

登徒嘲烟評月強立風流格對此新編方嘆絕
值得香憐玉惜我髮如絲君頭未雪同負奇花
癖無心更看廣陵盈眼春色

許清猷（震溪）

風花零落委山邱萬點餘芬筆底收旅館寒燈
一披卷人天無處不離愁
未免有情誰遣此似曾相識劇愁予分明一幅
澄心紙遍作紅閨寫怨書

夜深環珮下飛仙夢覺殘雲一悃然悟到色空
空是色水聲花影盡良緣
花樣新鮮制作殊千秋佳話托名姝不知錦製
奚囊裏尚抱遺珠恨也無

吳鵬孫蒼厓

一編重識古蛾眉五字吟成絶妙辭莫訝孤懷
空寄遠有心人最解相思
樓船簫鼓悲長逝戎馬關山念遠征無限芳魂
招不得纏綿一縷是幽情
才色何須論古今品題深得蕙蘭心佳人空谷
知多少應為披圖謝賞音
玉軸牙籤翰墨新哦詩兼對卷中人茫茫不似
遊仙夢風月常留萬古春

沁園春

江蔡浣青

彼美人兮嘉耦曰妃怨耦曰仇有宜家宜室芳
垂奩管傾城傾國寵奪衾裯倡女當壚神姬解

珮上下仙塵十二樓此離者嘆遇人不淑雨泣烟愁　詞人雅托風流取千古貞淫一例收問魂招何許小名錄記神傳阿堵本事詩留中壘青編大家彤史珍重蘭房礪賽修從箴勸便宿瘤無艷薰也非猶

冒玉鐘 師庭

一拈芸葉寫新詞萬古蛾眉感獨知蛺蝶已銷霜後粉蜘蛛還織雨中絲天生尤物心應惜人

苦多情見欲癡紙上芳靈呼不出空餘淚點濕胭脂

一種銷魂醉骨身當年情態總無倫任教恩怨從多事沒有悲歡不可人妙悟看成空際色高歌喚醒夢中春使君別具懷芳意莫擬陳王賦洛神

羅正墀 蓮舫

水部官閑鬢欲華江南春思渺無涯天香不著

維摩室散作人間解語花
雨霽陽臺詢宋玉雪迴洛浦感陳思溫柔鄉裏
誰非夢不耐淒涼是醒時
一卷纔披淚滿襟遺芳遺臭總酸心天公不善
蛾眉後似較文人忌更深
別有幽情一倍親靈修只是感靈均才人詩並
名姝艷未許東家偶效顰

滿庭芳　吳文祥定生

千古傷心美人黃土尋消問息無從不堪回首
腸斷寄東風滿目愁紅慘綠人間世惟色難空
誰知道分司御史別館最情鍾　新詞搜艷異
筆花開出朵朵芙蓉更銖衣隱隱貝闕珠宮對
此離憂百結休說與頭腦冬烘團佳夢極難禁
處殘夜一樓鐘

管濤蘧白

新編羅百美詠繼五君顏肖影華牋上尋蹤翠

閤閭柔嘉宜遍採淫艷底須刪奉帚尊宮掖當壚表市闌枕痕歡饜淺弓樣舞腰彎寵或居依桂游曾賦秉蘭帬裾都綽約簟褥各媥孄矑轉明秋水眉横淡遠山勸懲言委婉衰盛理循環起例緣雙隗為文匹二班雕龍妙空手隨馬想低鬟宋玉巫峰見陳思洛浦還暗通情脉脉遥寄淚潛潛侶接高談綺寧踰大德閑重闈森氣象萬灶切侗瘝列咒勤調劑熬波禁作姦珠生隨唾落巾戲借頭閒餘事能扶雅先聲企濟艱在公原有許於我若相關皂剩迂儒帽青垂哲匠綸追迢望仙宇鬱鬱阻人寰久不聞鄰澤疇其解病孱倦眸觀日槿跳髩亂霜萱生異鳶肩貴行經鴂舌蠻（近所游地）奚嫌今雨狎尚異古風攀憲署連荒徑香溪隔舊灣兩年隄柳綠千里埜花殷偶爾催歸騎凴誰慰老鰥婁妻初竄穸仝娌欠妖嫺撫綮塵棲鏡搴帷月挂鐶方嗟圭竇

掩忽辱錦函須雒誦旋增慧徵叅足訂頑巧偷
機上緒私覷管中斑價合雞林得名將虎觀扳
捧心矉覺醜捜腹和愁慳竊擬青雲附師承敢
友般

徐存幹 秋墅

粉香脂膩已銷沈斷雨零烟自古今不有五花
才子筆誰鐫稗史入儒林
百樣娉婷得似無更敎道子作新圖時流莫認
烟花錄千載貞淫一董狐

百美新詠圖傳